Dedicatória

Dedico este livro a todos que tem me ajudado neste novo ciclo de minha vida.

Aos médicos, enfermeiros e demais funcionários das instituições que frequentei.

Aos meus pais, familiares e amigos, vocês tem sido a minha força e meu cobertor nos momentos mais difíceis.

Gostaria de dedicar, também, este livro a todos que sofrem de algum transtorno de humor ou personalidade e, por consequência, tiveram suas vidas pessoais afetadas negativamente, como a minha.

Nós não estamos sozinhos!

Introdução

A obra a seguir, segue, no geral, uma ordem cronológica. Se iniciando nos primeiros dias que passei no hospital Santa Maria, passando para a transferência para o Hospital Espírita André Luiz, e seguindo para minha alta do mesmo até os dias atuais (um período de aproximadamente 45 dias).

Entretanto, em seu decorrer, autor e obra se fundem em uma mistura simbiótica. Não devendo você, caro leitor, levar os eventos e pensamentos relatados aqui como palavras escritas em pedra, e sim com o um vasto lago de ideias que decidiram começar a desaguar em um oceano de papel.

Considero uma obra que pode ser lida tanto da maneira tradicional, ou de trás para frente, alterando assim os sentimentos e impactos que a jornada da obra há de produzir no leitor.

Entretanto, o livro é seu, caro leitor, uma leitura esporádica, utilizando-se de páginas aleatórias também pode perfeitamente ser feita.

Façam bom proveito do meu coração.

Gustavo Firpe

Palavras para você e para o homem em frente ao espelho

Gustavo Firpe

"Palavras são, na minha nada humilde opinião, nossa inesgotável fonte de magia.

Capazes de formar grandes sofrimentos e também de remediá- los"

Alvo Dumbledore (J.K. Row ling).

Parte I - Sanatório

Mudaram-me, por acharem que o pátio seria maior, menos barulhento, potencialmente mais seguro.

Mas os monarcas da vida vazia, os seres do turbilhão e as crianças da insanidade me seguem até aqui. Não respeitam língua, credo ou passaporte.

Seus únicos nêmeses são a mente, e esta (a minha no caso), já está completamente tomada.

Solidão é algo engraçado, não é?

Eu estou em uma ala com algumas dezenas de pessoas assistindo TV, o prédio, pelos meus cálculos, deve ter mais um punhado de centenas de seres, todos divididos em alas parecidas.

Atos parecidos: TV, comer, ouvir e prostrar.

O local todo é nulo, antisséptico, de uma centelha sequer, de um toque, uma troca, duas almas ou corpos em mesma sintonia.

Restou só
A solidão.

Um dia eu acordei e percebi que meu sonho era casar (com)
uma trintona.

Ter um apê com 2 quartos, 3 gatos, um cachorro e um ateliê.

Antigamente, se me perguntassem, eu diria "tu tá doido ou
eu que tô morto?"
Mas algo sobre aquele cabelo cor da beleza mudou tudo.
E ela dizia que queria conhecer o globo, sair com todo mundo.

Eu falei: esquece essa última parte e me leva contigo. Vem
ser minha guerreira, companheira, fotógrafa profissional.

Com uma ou outra briga, mas o calor do sofá da sala apaga
tudo no final.

no final...
...sou eu e você contra o mundo

Te amo.

Falso final de semana

Sexta-Feira, fim de tarde.

Já consigo sentir o fim de semana no ar.

Mas é um respirar falho, um ar rarefeito.

Fins de semana na pandemia não são exatamente os
mais excitantes, mas com você eu sempre tinha algo.

Um amor, um cochilo, uma briga.
Um jogo, um acordar com beijos.

Mas o sentido do fim de semana, assim como você, se foi.

Eu, que antes vivia em uma cela de luxo, passei
temporariamente para uma solitária.

Atualmente, divido a minha com meu companheiro Hannibal,
que a cada dia se alimenta de mim,
e nessa linda antropofagia viramos um só:
o médico e o monstro da mente.

Hoje, no hospital, eu conheci um jovem apaixonado, e não, apesar dele ter 23 e ela 26, eu não estou falando de mim agora <u>especificamente.</u>

Eles se apaixonaram dentro do hospital, trocando cartinhas e ligações entre as alas, coisa de filme romântico de sessão da tarde mesmo.

Ela teve alta alguns dias antes dele. Já ele vai voar livre amanhã, tomara que aterrisse em um bom galho.

Torço demais por vocês, casal do Hospital André Luiz.

Transmutação pt.1

A borboleta, que de uma frágil lagarta, pequena e móvel,
se torna um casulo úmido e estático,
mas não parado no tempo, pois, quando se desprende,
desabrocha, se abre,
está liberta para voar!

Transmutação pt.2

Uma casa: a minha?
Um médico: um remédio.
Uma dose intragável: apaguei,

Estava no carro

No hospital: nada dela.

Papel, caneta?

Agulha!

Veio o abate

Achei que tinha morrido, tudo tão escuro.
Talvez tenha, aqui é outro Gustavo falando? A lagarta que
nem conseguia fazer seu mísero casulo teria tomado outra
forma?
Não há de saber
Saber quem sou, apenas o que deixei de ser.

UMA PAUSA PARA ALGUNS POEMAS ESPORÁDICOS*

*Feitos aproximadamente 9 meses antes dos eventos relatados no começo da obra.

Semanário

Aquilo soou como um adeus
O final de um a canção que nem começou
Não tinha compasso, ritmo ou melodia
Não existe dueto sem harmonia

Enrola, embaraça o seu corpo no meu
Mas vai embora
Não existe manhã quando os desejos são da madrugada
Fala vazia, embriagada. No fundo, sem nada

As vozes são mudas, segunda...terça...
Os cantos só são ouvidos às sextas
Aos sábados, talvez mais um trago
Mas, no domingo, o embargo

Está aí: A sagrada separação entre a Igreja e Estado
Medo de que se chegar mais perto alguém vai ouvir
Aquilo que perdi, senti e vivi
As canções de segundas e terças que me trouxeram até
aqui.

Mergulho desde os 6

Um dia vi uma joia presa no fundo do mar
Refletia a luz do Sol, solitária na água cristalina
Quem seria louco de perdê-la?

Em busca dela, mergulhei
Cada vez mais fundo, mergulhei
O que era cristalino virou turvo
Mas continuei, em busca da minha joia perdida

Finalmente a encontrei, imaculada, perfeita

A pressão no fundo era grande
Nunca tinha visto um a joia tão bela
O ar era pouco, sufoco

Mas era eu e ela
A água turva, virou negra
Mas não posso deixa-la aqui no fundo do mar
O frio...tudo ruiu...

Mergulho desde os 6

...Acordei
Uma praia deserta
Pés trêmulos em terra firme
Uma dor no peito sem igual

A joia, percebi
Não era mais minha
Estava ela mesmo perdida?
Cabe a outro encontrar essa resposta

No fundo do mar
Percebi
Mergulho desde os 6
Mas nunca soube nadar.

Sapatos antigos

Eu tentei calçar seus sapatos antigos
Mas eles simplesmente não serviram
Tentei trocar de cadarço...
Mas aí era não era mais o mesmo sapato

Quem sabe afrouxar o laço?
Ficava muito solto...
Escapava do meu pé
Eu quero eles colados em mim

Como um abraço...

Sabia que eles ainda podiam ser usados
Era só uma tinta desbotada
Alguns arranhões dos lados
Nada que não pudesse ser consertado

Não é?

Sapatos antigos

Então porque eles não serviam mais?
Ontem eles andavam bem ali
Se eu fosse no jardim ainda veria suas marcas na terra
Então porque ninguém mais quer usa-los?

Não entendo, porque evitá-los?

Talvez eles sejam muito difíceis de andar
Um fardo muito grande para se carregar por aí
É isso... Não é qualquer um que usa esses calçados
E mesmo se usassem, não teriam a leveza dos seus passos

Eu tentei calçar seus sapatos antigos
Mas eles simplesmente não serviram
Fiz de tudo, meu antigo amigo
Mas acho que não vou poder mais caminhar com você

Dia 31 - Fogos de fim de ano

Achei que passaria a vida toda
com quem beijei no Réveillon.
Inocência a minha.
Nem um mês se passou, e a nossa paixão juvenil terminou.
Como fogos de artifício: Bonitos, estrondosos, artificiais e
derradeiros.

O Artista internado

Tem algo chique e levemente blasé em ser um "artista" internado. Ver o sol nascer quadrado, ao lado de uns 3 medicamentos e ao som de outros 6 alucinados.

E, caso vc tenha o privilégio de um pátio, se deitar ao sol, sem julgamentos, pois são todos loucos como você.

Ir se despindo ao sol, despindo e despindo... até acabar com a mente totalmente nua e sem ideias
.
Um sonho louco e vazio de um dia de verão, na prisão dos "brilhantes e talentosos".

Mas hey, não me leve a mal, ainda vejo essa situação toda como um veneno de cobra, um psicotrópico amazônico.
Brilhantes, belos, adoráveis... mas ao longe. Quase homeopáticos.

Que venha um e experimente,
Eu observo os efeitos da pantomima de longe.
Como um Caesar no Coliseu, ou talvez Nero em Antium.

O que me rasga é a frieza.

Alguém que você tocou, beijou, amou e chorou.

Agora é inalcançável, mas sem pedras no caminho. Apenas uma barreira invisível chamada passado, reforçada com uma argamassa de desprezo, rancor e dor.

Tudo nesses novos relacionamentos humanos me é (e me soa) estranho, falso, fake.

(Se é que já não eram assim desde tempos imemoriais).

Feitos para manter aparências, controlar ânimos e aprisionar sentimentos.

Temos medo de transbordar, de nos afogarmos no outro, mas viver esse constante medo faz com que acabemos morrendo de sede em si.

Nenhum dos dois casos é saudável, mas eu prefiro acreditar que sei nadar.

Um fardo muito grande a se carregar.

Um navio completamente a deriva.

O capitão já não aguenta mais segurar o timão.
Os marujos estão abandonando o navio, um por um.

Sua amada, sua capitã, tenta, mas em sua humanidade, tampouco fica. Se vai em um bote salva vidas, deixando o capitão, que não se passava de um jovem marujo, a deriva no velho e frio mar.

Juntos, navio e capitão afundam, sem mais vestígio de tripulação. Apenas um último brilho no passadiço.

Seria uma última mensagem enviada, uma velha foto olhada á luz da lanterna, ou simplesmente uma vela acesa perto de se apagar? Os últimos segundos de um homem, perdidos também estão, no frio fundo do mar.

.

O seguinte diálogo/conselho foi dado a mim por uma das faxineiras do Hospital, mas, coincidentemente, tive conversas muito similares (praticamente idênticas), ainda nas dependências do André Luiz. Com um segurança e com uma Psicóloga. A mensagem, independentemente do interlocutor, no final, é sempre a mesma.

Abra sua mão e olhe para os seus dedos:

Em 1° lugar: Eu
Em 2 ° lugar: Eu
Em 3 ° lugar: Eu
Em 4 ° lugar: Eu
Em 5 ° lugar: Eu

E sobre a outra mão?

- Repita o processo acima

- E os dedos dos pés?

- Mesma coisa.

Só depois você pode começar a considerar o outro.

Fim da parte I

GUSTAVO FIRPE

Palavras
para você

pt.2

E para o
homem
em
frente
ao
espelho

Parte II - Ressaca

Hospitais pt.1

Eu cresci amando hospitais, para se ter uma noção, eu nasci com 7 meses, pois assim, só aos 9 fui sair de lá (tudo metodicamente planejado, pré-nasciento) .

Cresci como um filhote de vó, e como um bom membro da categoria, sempre acompanhava Dona Valdiva para todo lugar. Incluindo os hospitais e clínicas.

Minha madrinha também trabalhava em um desses hospitais que, coincidentemente, era ao lado da minha escola. Então já sabe, não é?

Eu vivia lá.

E amava tudo:
As luzes brancas, a atmosfera maluca de trabalho e, principalmente, os bebês!! Eles eram tudo para o pequeno Gustavo Firpe.

No coração do hospital eu me sentia no meio de milhares de vidas, cada uma em seu devido local no espaço- tempo. Começos, recomeços, e adeus.

De certa maneira, isso fazia eu me sentir um pouco mais importante e presente .

Hospitais pt.2

Minha relação com hospitais era praticamente sem falhas...Até a internação ocorrer e me pegar realmente desprevenido.

Dessa vez eu não era mais um mero expectador, não estava no centro vendo cada um em seu local no espaço-tempo. Eu estava completamente perdido, pois iniciava o meu próprio processo vital no local. Se seria um começo, um recomeço ou um adeus, eu não tinha como saber.

Saí da 1° classe, e quando vi estava na 3 °, perdido na casa de máquinas (e cá entre nós, todo mundo já viu Titanic). Esses experimentos sociais nunca acabam bem.

Só não foi pior do que quando me fizeram capitão.

Te dei um buquê, mas não sabia como plantar

Te dei flores, mas foram regadas com águas do mar
Tentei dar algo bonito, simples e fácil de cuidar
Mas os espinhos do cactu não a deixaram desabrochar

Blackout - 22 .01.2020:

Não sei, nem consigo pensar a respeito, logo vou deixar o resto desta página em branco para que Você me conte, se quiser, o que aconteceu entre a minha saída de casa, naquele derradeira e triste manhã, até eu sair do seu apartamento para o hospital.

Minhas ações, meus erros. Hoje já sei listar todos. Mas é com seu coração que eu quero conversar. Te decepcionei? Assustei? O que houve?

De qualquer maneira, perdão.
Saiba que eu te amo até a lua, com ida e volta inclusa.

Acredito que, na vida, sempre temos aquele(s) que deixamos ir, mas também acredito que sempre tem aquele que temos que lutar para manter. As vezes, o que vem fácil, vai fácil. Então o que veio difícil, com suor e lágrimas, não deveria ir embora da mesma maneira?

Tem sido meu caso.

Mas será que não tem um meio termo?

Água e Gasolina

Eu quero resolver
Mas creio que não tenha solução
Já se dissipou
Acabou
A mistura agora é outra
Não tem o que resolver
Você não vai resolver
Só dissolver dois elementos que se tornaram
incompatíveis

Éramos gasolina e água do mar, não parecíamos compatíveis, mas acabamos pegando fogo, fazendo uma grande bagunça tóxica ao redor.

Será que eu sou uma energia negativa?
Um encosto.
Te olhei tanto como o Sol, que fiz você perder seu brilho?

Os esforços, os mimos, os carinhos; de nada serviram?

Gustavo Firpe - O encosto de Você durante a pandemia.

Virei uma nota de rodapé triste:
O menino louco que namorei por alguns meses e que surtou comigo, me traumatizando.

Será que foi isso?
Quer dizer... Isso rolou, mas e o resto?

E os beijos, as carícias, os brownies verdes, as luzes e o teto do motel, os copos roubados, o mini whisky com coca-cola, o naruto quase zerado?

Isso é nota de rodapé?

A minha vontade hoje é de me matar.

Mas porque não faço?
Diversos são os motivos:

1° Eu sou um covarde narcisista, se não existir consciência após a morte, e eu simplesmente desaparecer, eu vou ficar maluco.

2 ° Apesar de ter perdido a melhor flor que a vida me entregou (e que eu tive que regar pra caramba, diga- se de passagem), ainda tenho sementes plantadas por aí que, um dia, talvez, deem frutos.

3 ° Eu, com todo o meu ceticismo e pessimismo, ainda acredito em grandes "come back's", grandes reviravoltas. Isso que dá crescer assistindo Rocky e Naruto. Você treina como o Underdog, para se tornar o Rotweiller no futuro! (Em um futuro próximo, de preferência, obrigado).

XXX

Falando nisso, Naruto é um a história querida e, de certa maneira, engraçada para mim,

Um plot,, talvez, totalmente baseado em destino, tudo era predestinado, mas o que na vida não é?

Predestinação é só uma questão de perspectiva.

Tem gente que vive na ilusão do controle, tem gente que vive na loucura dos sem guidão, um não é melhor do que o outro, só depende da ocasião.

Viver aqui em casa é respirar doses homeopáticas de lucidez em um oceano de loucuras. Mas, tá sauve, tô afogado faz tempo.

A Última Performance/ Recomeço

Como Ulay e Marina, mas o céu é terra, e terra é céu.

Quem inicia a caminhada, nunca é o mesmo que a termina,
pois constante é a mudança.

Encontramo-nos no meio, não para dizer adeus, e sim
para se cumprimentar.
Um abraço com cheiro de saudade acumulada,
Lágrimas com gosto da distância percorrida, dos lugares e
memórias que passaram e viveram sem o outro.

O afagar dos rostos.

O unir das mãos.

São dois.
Mas é somente um, o momento.

Unidos, finalmente, os amantes podem continuar a grande
caminhada pela muralha, dessa vez de mãos dadas.

Se foi
Se foi
Se foram

Aqueles que nunca haviam ficado

Porque que o amor deixa rastros
Nem que seja um rasgo
Do pecado ali cometido

Hipismo

Tentamos correr atrás, na esperança de que as boas lembranças venham à tona e, a partir destas, surja uma consideração de ambas as partes.

A verdade é que raramente a descrita causalidade acontece, na realidade, ironicamente, o casual é justamente o oposto.

O "correr atrás" é visto como fraqueza, a chave perfeita, que abre a porta para a humilhação.

A cada passo em direção ao desejo, mais alto e distante fica o pódio. Pódio, no qual, o agora "vencedor" olha sua vítima derrotada, por cima.

O vencedor é um cavaleiro, dono de um animal de grande porte, difícil de alcançar em todos os sentidos.

Principalmente com seu dono montado

Sempre mirando o horizonte e limpando a sujeira de seus cascos.

Escadaria do CCBB BH - 16 h

Na praça, esperando pelo que não vem
Chorando pelo o que veio
Rindo pela ironia
Lembrando dos sorrisos
De uma noite de verão

Mansão

A pandemia tirou meus amigos
A quarentena, a minha liberdade
O término, meu amor
Sobrou eu

Na verdade é muita coisa
Uma herança gorda
Uma mansão, um casarão mesmo

Mas está vazia, toda cinza
Sem vida, cor ou morador
Tudo e nada é, pois qualquer forma pode ter

The Maze (continua)

Feels like a eternity have past
Since i entered this route
And after all i wandered
I ain't at my best

When i followed that sign i was young
Thought that easily i would come and go
That in the maze of success
A map would fall into my hands

But now i'm old enough to know
That those things never come
And that time is the only thing that goes
Out of the maze of success

I saw many close to me
Turn their heads around and leave
That now i don't know if it's worth it
Success if i have no one to share with

The Maze (final)

Yesterday i missed her birthday
Tomorrow could be a friend's funeral
What much more do i have to give
To get out of here?

For thirty nights i've been in this room
Saying that one day the inspiration will come
But deeply i'm praying to the stars
To just let me leave

But now i'm cold enough to show
What a obsession becomes through
Trapped on the maze of success
My mind will never let me go

I saw so many close to me
Turn their heads around and leave
That now i don't know if it will be worth it
Succes with no one to share with

Just an empty dream .

11/03/2017

Fim da parte II

GUSTAVO FIRPE

Palavras
para você

pt. 3

E para o
homem
em
frente
ao
espelho

Parte III - Imperfeição

Lendo umas anotações antigas (dos tempos mais imemoriais possíveis), percebi que nunca, de fato, fui feliz. Sempre tive um nêmese para com quem lutar.

Os exemplos são variados: indo de brigas com a mãe, romances não correspondidos, problemas criativos, etc.

Por ora, definitivamente, não vale a pena gastar tinta nisso.

Mas, fato é: Nunca fui feliz

Isso é estranho, porque consigo citar, sem pestanejar, dezenas de momentos felizes. Logo, talvez eu esteja errado, eu já fui feliz.

Então é outra coisa que me falta, mas o que?

Lendo umas anotações antigas, percebi que nunca estive, de fato, 100% satisfeito na vida. Sempre tive um nêmese para com quem lutar.

Os exemplos são variados, uma performance mediana no teatro, a garota <u>bem específica</u> que não me queria, a minha música que nunca estava produzida da maneira correta, nem minha pele estava boa o suficiente, ou meu cabelo, rosto, roupas, amigos, e por aí vai.

Acho que você entendeu a ideia.
Mas, sabe, eu nunca fui do tipo "reclamão".

Eu raramente colocava esses eternos desconfortos "pra fora" (se isso é algo bom ou ruim, é discussão para outra hora). Mas fato é: a imperfeição sempre esteve, pelo menos na maior parte do tempo, na minha mente.

E, olhando para trás, vejo que tudo poderia ter sido diferente se eu tivesse apostado na imperfeição.

Eu aguardava a perfeição ficar pronta, e deixava de comer o imperfeito que por característica e singularidade, já é mais gostoso que a versão industrial e pasteurizada da perfeição.

Citações:

Tem muita escuridão e tristeza dentro de você, Gustavo.

E não tem nada que eu, ou qualquer outra pessoa possa fazer pra tirar isso de você.

Se você não se tratar nunca poderá ter um relacionamento.

Eu ouvi você caindo na escada, por isso abri a porta.

Já ouvi esse papo mil vezes.

O mesmo papo, mil vezes

Amanhã vai estar menos pior, isso é ruim mas passa.

Do mesmo jeito que uma apareceu, outras vão também, sobre isso aí tu pode ficar tranquilo.

Às vezes as pessoas entram em nosso caminho para nos mostrar algo.

Mude algo em si, depois pense no outro.

Lembre-se dos 5 dedos: Eu,eu,eu,eu e eu.

Você

Um dia Você acorda e percebe que a pessoa não é mais
uma opção viável para a sua vida.
Você está com novos planos, projetos, ideias.

Foi boa a caminhada até aqui, mas é hora de se
desprender de coisas ligadas ao... passado? Vivemos a era
do capitalismo, certo?

Tudo tem prazo de validade, e este acaba de expirar, sem
possibilidade de troca pelo mesmo produto, apenas
reembolso.
A loja perde o produto, você recebe o dinheiro de volta.
Fácil assim.

E assim vamos, nova vida, novo eu.

Foi um prazer enquanto foi, mas agora não é mais.

Bad das 6 pt.1

Queria que a bad das 6 fosse embora, só me desse uma trégua

Durasse uma hora, crepuscular, e ir embora com o Sol.
Me deixe no frio, mas não me deixe com ela:

Com as fotos, com as conversas antigas, com os toques fantasmas,

Como alguém que perde um membro, mas ainda sente doer

Todo dia, ás 18h, ele volta a doer.
E só para quando quer.

Bad das 6 pt.2

Já parei inúmeras vezes para refletir, o porquê de tal fenômeno.

Tem algo de triste em ver o horizonte laranja se tornar negro, de perceber que mais um dia se foi, mas você ficou.

Os problemas, inseguranças, felicidades,amores e apegos.
Tudo ficou, menos o Sol.
Mas ele é Astro-Rei, e a tudo rege.
Até as nossas emoções.

UMA PAUSA PARA UM POEMA ESPORÁDICO*

*Feito aproximadamente 9 meses antes dos eventos relatados no começo da obra.

Tem sido dias difíceis
E sei que piores virão
Não tem sido fácil
Nada nessa situação é fácil

Eu queria chorar
Mas a minha empatia está desgastada
Engasgada na garganta
Não sai

Hoje pode ter sido o dia 1
Ou talvez seja o 20
Não sei
Tudo parece o mesmo

A única coisa que muda é o sentimento
A cada dia que passa, aumenta ele: O desalento
Tudo está desacelerando

Ou será que o mundo está se movendo tão rápido
que eu me sinto estacionado no lugar?
Como quando você olha pela janela
de um carro em movimento
A estrada passeia,
mas é você que está em alta velocidade

Não posso parar
Se parar, morro
Tampouco, corro
Se corro, tropeço

Preciso seguir o ritmo
O compasso
Passo a passo
Dessa dança da morte

Saltitante ela vem
Para dentro desse círculo azul
Ela puxa um para dançar, rodopia
E assim a roda fica menor

O ciclo se repete
Eternamente
Desde que homem é homem
Sempre houve a peste

Às vezes esquecemos
Que a natureza parece dócil
Mas até o mais domesticado dos leões
Ainda sabem mostrar os dentes

Se a morte dança
A natureza orquestra
É a grande maestrina
Que decide quão rápido a orquestra vai tocar

Para alguns é um a valsa lenta
Com sua delicada caminhada à outra vida
Para outros pode ser um feroz tango
Que joga a alma para um espaço que nunca pensou
ocupar tão cedo

Pouco a pouco eu descubro que, em terra de passado,
nada floresce.
Bora olhar pra frente!

Hoje, percebo o quão egoísta sou.

Procuro no outro aquilo que só pode ser achado em Você.

Estou à deriva, mas ninguém mais precisa ficar, o mundo está seco.

Eu que vou inundando-o, com obsessões, tristezas e desejos inalcançáveis.

Acho que finalmente acordei da ilusão
E encerrei o ciclo
Antes o vácuo deixado lutava para puxar algo
Amor, atenção, paixão, obsessão.
Agora só há ele
O vazio
Tudo parado, inerte
Nada precisa, nada é, o que virará?

Muito pode ser dito sobre mim

Nunca fui arte clássica: perfeito, rígido, imutável.

Talvez uma pintura de Monet, se dissipando e dissolvendo.

Ou uma performance de Marina, sempre em movimento.

Talvez eu seja um Dalí, derretendo?

Mas, independentemente do que eu seja,

Nunca serei arte clássica.

Uma beleza tão grande quanto sua imutabilidade.

Tenho meus momentos de Adônis e meus momentos de Quasímodo.

Hoje, particularmente, sou Quasímodo, amanhã, com um pouco de fortuna e gana, terei mais cara de Adônis.

E assim o ciclo se repete.

E, ao ciclo, já estou habituado.

Fim da parte III

GUSTAVO FIRPE

Palavras
para você

pt.4

E para o
homem
em
frente
ao
espelho

Parte IV- Mundo

Vida Beija- Flor

Me sinto como um beija- flor,
que vive a vida em rápidas batidas,
tornando o tempo de tudo muito curto.

A maioria não é beija- flor,
e vive a vida sentindo uma batida de cada vez,
nada de sentimentos esquecidos, de brigas terminadas em
passadas de pano
Tudo tem seu tempo, seu dia, sua hora, sua lembrança.

Mas o beija-flor trabalha com a minutagem
A centelha se foi antes de começar,
A paixão desfaleceu antes de tomar os primeiros bolsões
de ar

E assim voa o beija flor, de galho em galho, uma faísca de
vida, que bate asas que somem a vista no ar.

Tenho que deixar o Destino jogar as cartas por mim

Inúmeras foram as vezes em que tenho tido uma ótima mão, mas só eu jogo

Jogar contra si mesmo é um jogo onde só há perdedores.

Se o destino está na mesa, não deixe-o de fora,
Pois ele é senhor de tudo,

Melhor ter 50% de chance de uma mão boa, do que perder continuamente para si, não importando as cartas envolvidas.

UMA PAUSA PARA UM POEMA ESPORÁDICO*

*Feito aproximadamente 9 meses antes dos eventos relatados no começo da obra

Uma boba prosa

Talvez seja líquido
Mas eu não ligo
Desde que seja um abrigo
Está frio demais aqui

Que seja um momento
Se perca no tempo
Sem nenhuma evidência
De que algum dia existiu

Que escape pelas mãos
Se apague da memória
Roma está em ruínas
Mas todos se lembram de seus dias de glória

É passageiro?
Claro que sim
Como também é a vida
Embarque comigo

A chuva do amigo

Se eu soubesse que era o fim, não teria deixado você ir
Logo você, o mais forte, o maior sorriso, o presente que
almejamos e o futuro que sonhamos

Mas você foi

E agora não tem mais volta

A chuva cai
Como sempre caiu
Mas hoje as gotas tem maior peso
E, em meio aos trovões, um choro baixo se ouve
Se misturando ao cair das águas.
O maior sorriso, vou ter que esperar para vê-lo de novo.
Mas o futuro que sonhamos, vou levar comigo.

Meio de Tabela

Minha mãe disse que você gosta de mim, mas me quer inteiro, pronto.

Isso, aparentemente, hoje eu não posso entregar

Como uma âncora, será que atrapalho o seu desenvolvimento?

Ou será uma relação simbiótica mútua, onde ambos saem perdendo?

Porque achei que éramos um time

Não era nossa melhor temporada, devo admitir

Mas tinha aquele cheirinho de time vencedor

Que só precisava de mais um tempinho até encaixar.

Talvez o timing tenha passado, talvez o perdido seja recuperado

Não tem como dizer.

Mas que vivam as lembranças de um time de meio de tabela, que abalou muitos corações por aí.

Muito pode ser dito ou escrito, mas não vale a pena.

Raiva e rancor não serão as forças motrizes do meu trabalho.

Uma obra concebida no Estige, rio das lágrimas e mágoas,

sempre terá em si rastros de sua pútrida água.

Quero amor;

Paz;

E companhia.

Um fruto do Éther, do Elísio, um Manjar dos Deuses, para saciarmos juntos pela eternidade.

Fim da parte IV

Fim do livro.

Por: Gustavo Firpe

03/2021